KB274193

시작시인선 0151

고백하는 몸들

국립중앙도서관 출판시도서목록(CIP)

고백하는 몸들 : 김유자 시집 / 지은이: 김유자. -- 서울 : 천년의
시작, 2013
    p. ; cm. -- (시작시인선 ; 151)

ISBN 978-89-6021-187-2 04810 : ₩9000
ISBN 978-89-6021-069-1(세트) 04810

한국 현대시[韓國 現代詩]

811.7-KDC5
895.715-DDC21   CIP2013004693

시작시인선 0151
고백하는 몸들

1판 1쇄 펴낸날 2013년 5월 10일
지은이 김유자
펴낸이 채상우
디자인 꼬마철학자
펴낸곳 (주)천년의시작
등록번호 제301-2012-033호
등록일자 2006년 1월 10일
주소 100-380 서울시 중구 동호로27길 30, 510호(묵정동, 대학문화원)
전화 02-723-8668
팩스 02-723-8630
홈페이지 www.poempoem.com
이메일 poemsijak@hanmail.net

ⓒ김유자, 2013, printed in Seoul, Korea

ISBN 978-89-6021-187-2 04810
     978-89-6021-069-1 04810(세트)

값 9,000원

고백하는 몸들

김유자 시집

천년의 시작

시인의 말

마음에 초인종이 울릴 때마다
문고리를 잡고
열어 주지 않았다

이제
문을 연다

2013년 봄

차 례

시인의 말

제1부

제3부

일러두기

하나의 연이 첫 번째 행에서 시작될 때에는 >로 표시합니다.

제1부

호버링*

나사못처럼 하늘에 매달려 있을 때
나는 중력에 저항하는 사과이다
붉은 근육이다

이곳은 메아리 속
내 귀는 토막 나면서 계속 자란다

한없이 자란 귀를 틀어막으며 소리를 내뱉는다
작은 소리가 겹겹의 구름에 부딪쳐 천둥이 되듯
메아리를 껍질처럼 돌돌 만 사과로, 나는 이곳에서
펄럭이는 하늘을 쥐고
부르르 떠는 주먹이다

갈대가
강물이
내가
휘감긴다
허공이 동그랗게 퍼져 나간다

움켜쥔 손을 서서히 놓는다

●호버링(hovering): 헬리콥터가 비행 중 한곳에 멈춰 있는 기술.

어항

붉고 노란 눈들
빈집을 지키려면 눈동자가 필요해

두 개의 눈동자는 움직이고 깜빡이고
헤엄쳐 다닌다
물을 갈아 주지 않아
물풀들이 엉겨 붙고 있는

눈꺼풀을 올리고 그가 들어온다
벗은 옷은 아무 데서나 축 처지고
티브이와 잠 사이에서
지느러미의 떨림이 느려진다

눈꺼풀을 건드리자
둥근 집이 떨어져 깨진다
파편들이 튀어 오르고 처음으로
바닥이란 세계를 꼬리 쳐 본다

바닥을 칠 때마다 소리가 난다
눈이 생긴 바닥은

반짝이고 젖어 들고 흘러간다

초인종

누르고 싶은 곳과
한숨처럼 푹 꺼지는 곳 사이

정원이 있다
화들짝 핀 꽃들 아래 고무호스에서 물이 뿜어져 나온다
흩날리는 물방울 속으로
깔, 깔, 깔, 달려가던 발이 빠진다
굳은 시멘트에 발자국은 입 다물지 못하고

손을 잡는 손이 있다
입을 덮는 입이 있다
몸을 여는 몸이 있다
한낮을 뒤집는 한밤중의 시간

하루는 문고리에 혁대가 동그랗게 걸려 있고
하루는 트렁크에서 한가득 풍선이 날아오른다
폭죽 같은 웃음을 터트리고 나는
햄릿의 표정으로 말하지
엄마가 목 비튼 닭은 아주 잠시 황홀했을 거야

>

두 손으로 두 눈을 누른다
눈동자는 손을 밀어내고
문질러도 지워지지 않고
태워도 부수어도 남아 따끔거리는 것들

도드라진 건 왜 누르고 싶어질까
별들이 나를 쿡, 쿡, 찔러보듯이

양들이 누르는 풀밭들
그늘을 누르는 구름들
장롱을 누르고 있는 먼지들

떠다니던 먼지가 내려앉는다
먼지를 뭉쳐 만든 벽돌로 나는 담장을 쌓고
조용히 웃는다
감싸 안는 포즈로

탬버린

톡, 쳤을 뿐인데
나는 뜨거워지고
금세 차가워지고
너의 손아귀에서 소란스러웠던 시간들

아직도 귓속에서 반짝거리는 소리들
빙글빙글 돌다 멈춰 버린 그림자들이
나를 덮을 때
너의 아침은 조금 깔깔하겠지만

불려진 노래들은 어디에 고여 있나
함께 흔들렸어도 서로의 무늬는 다르지
누군가에겐 먼지로 흩어지고
누군가에겐 끈적이는 그을음으로 묻어나지

모서리를 잡고 버티던 내가 바닥으로 떨어진다
차르르 밀려 나오는 소리가
빈방을 쥐고 흔들 때

왕관 같고

기억을 찌르는 가시면류관 같고
변죽만 울리는 피에로 같은

나를 움켜쥐고 너는 정말 흥겨운 듯이

내 얼굴, 현수막

양쪽에 나무를 귀처럼 달고
파닥이고 있을 때
바람은 나를 걷어 가지 못하죠
내가 바람을 온몸으로 표현할 뿐
매어 놓지 않으면 읽으려 하지 않아요
늘어진 공기가 팽팽해지고
줄 처진 미간에 머리를 갸웃거리는 당신,
밑줄 처진 문장처럼
모두가 긴장하는 것은 아니죠

씌어진 내용이 문신만큼 놀라운 땐 드물죠
문신은 고집이 세고
고집은 지루하지만
때때로 바뀌는 나입니다
문신이 새겨진 팔의 무늬는 팔이 원한 게 아니지만

읽혀지지 않는 어둠에서 눈떠요
막막하게 펼쳐져 있는 길 위의 당신,
나뭇잎들이 햇살의 등 뒤로 짜 놓은 검은 망 속에서
나를 바라보는 당신,

>

당신은 끌려올 수도
빠져나갈 수도 있지만

분수의 방식

무엇인가 울컥할 때
나는 테니스 라켓을 들고 벽치기하는 사람
공은 날아가고
허공이 주욱 딸려 갔다가
나에게로 쏟아져 온다

언제나 돌아온다, 깨어져서
돌아와
흥건히 젖는다

앞날에 사로잡혀
나는 공처럼 굴러가지만
잔디밭으로 굴러가 잊혀진 공은
텅 비어 버린 제 속을 들여다보거나
바람에 귀 기울이거나
내려앉은 새의 발가락에 새겨진 여행기를 읽으며
앉아서 천 리를 날아가 보는 계절,
천 리를 보아도 언제나 제자리인
계절,

>
목까지 차올라 출렁거린다
소금을 뿌리자 밀물인 줄 알고 튀어 오르는 맛조개처럼
갯벌을 밀어 올리는 비명들
침묵들
철새가 날아가고
철새가 날아오고

검은 입술들

종이컵과 종이컵 사이의 실처럼
창문들은 소리로 이어져 있다

티브이와 침대
침대 위의 당신 당신 앞의 벽
잡히는 게 없는데 자꾸 저어 보는
밤의 손은 먹먹하다

퍽!
짧고 굵은 소리에 어둠이 조각난다
차에서 불꽃이 솟아오른다
골목의 입들이 불타오른다
불티처럼 날아오른다

놀란 눈과 코 고는 귀 사이의 얼굴은
지워져 있고
당신의 등에 맞닿은
나의 등은 죽은 물고기처럼 떠 있고

감겨지지 않은 눈동자들이 가라앉는다

맑은 어둠을 불러내고
우리는 함께, 코를 곤다

불을 지른 사람과 타 버린 나는 오늘 밤
뜨겁게 연결되었다
창문에 말라붙은 검은 입술들이
고둥처럼 벌어져 있다

개

소파에 누워 있다
벨은 사흘째 울리지 않고
하품이 났고
거실이 풍선껌처럼 부풀었다가 터지고
처져 있던 귀가 곤두서고
씹고 있던 껌이, 뾰족뾰족

떨어져 있던 늑대 무리처럼
커튼 뒤에서, 방문 뒤에서, 신발 속 어둠의 어디쯤에서
그것은 온다
소파 뒤로
탁자 밑으로
머리 위로
거리를 좁혀 온다
침대 밑으로 밀린다
더 이상 물러설 수 없는 내 몸속으로
그것은 밀려들어 온다
들어낸 자궁에서 피비린내가 돌고
결절된 목울대가 떨리기 시작한다
이빨이 날을 세우고

단단해져 가던 발톱이 막 휘기 시작했을 때,

현관문을 열고 들어오는 얼굴

꼬리 치며
이빨과 척추가 으르렁거린다

내려다보는 사람

계단은 나를 옥탑에 올려놓고
눈앞의 한옥은 먹구름 빛 책들을 펼쳐 놓았다
볕 좋은 날엔 책 밖으로
고양이가 나와 있다
햇살을 몰두시키는 검은 털들

책 속으로
당신이 들어왔다 나가고
사람들이 바뀌고
이불이 펴졌다 개켜질 때
닦고 닦아도 씨앗처럼 날아와 자라는
머리카락들 먼지들

오늘은 냉이꽃의 가느댕댕한 목을
다른 날엔 몸 잃고 축 처진 옷들의 팔다리를
바람이 흔들고 있다
나는 두리번거린다

내려가는 계단은 어디 있나
네모난 화분에 담겨

햇살이 읽을수록 겹겹의 의문으로 자라나는 상추,
한 줌의 흙에서 뿌리가 빗물을 빨아들일 때

민달팽이가 여린 잎들을 속속들이 파헤치고
주름진 손이 설익은 페이지를 북, 북, 찢는

구석에 고양이 털이 뭉쳐 있다

물고기 침대

단 한 번 누울 수 있는 침대가 있다
수직의 날들이 수평으로 기울었을 때
몸에서 조금씩 빠져나가는 것들,
비린내가 난다

악몽처럼 튜브가 뒤집히고 물 삼키고
내가 허우적거릴 때
깊은 물속으로 가라앉는 침대처럼 물고기는
투명한 눈꺼풀을 끌어 덮으며
고요히 잠 밑으로 내려앉는다

식구들이 잠 깨도 외출에서 돌아와도 나는 언제나 누워 있
다 잡은 물고기를 놓친 나는 잠든다 웃다가 찡그리다가 물고
기를 만난 듯 손을 뻗기도 하는 나는 고요한 침대, 내가 사라
졌을 때, 어린 아들은 어항에 손을 넣고 물 위로 떠오르는 무
언가를 자꾸 누르고, 문이 열리고, 밤새 누군가를 잠으로 귀
가시킨 내가, 아침 햇살 위로 하얗게 떠오른다
　움직임이 빠져나간 몸 위로 흙처럼 허공이 덮힌다

허공과 물 틈에 끼여 한없이 부대끼고 있다

출렁이고 있는 몸속으로 들어간 허공이
조금씩 무언가를 밀어내고 있다

따뜻한 침대

푹, 꺼진다 바닥없는 곳으로
레이스는 펄럭이지 않는다
수십 년 쌓인 어둠이 몸을 삼킨다
눈뜨기 힘들고 생각이 부서져 내리고
손끝 하나 움직이기 힘든
스프링이 뒤엉킨다

포근하게 안겨 오는 너 앞에서
삐걱이는 내 목소리

언제나 포근해
(냉정한 얼굴을 감춘다)
언제나 감싸 주지
(무뚝뚝한 표정을 감춘다)
너의 웃음이 울음이 한숨이 흘러든
푹신한 내 품속에는
딱딱한 뼈만 있다

부드러운 살을 찢고 뼈가 불거지는 밤
떠다니던 얼굴들이 서로 엉겨 붙는다

구름이 된 얼굴은 오래전의 것들까지 끌어모으고
거대해진 검은 구름이
틀어막은 비명처럼 터지려 하는

그 위에 너의 잔잔한 잠이 덮여 있다

책상 유령

나는 정말 죽은 걸까?
그런 것 같지 않다 매일 나는
아침을 만나고 저녁을 보낸다
새소리를 듣고 바람에 마음이 흔들린다
드러나지는 않게 조금씩 변해 가고

지금 내 위로 얼굴을 묻은 너도 조금씩
변해 왔다 잎사귀처럼 바스락대던 목소리를 떨구고
볼 위로 진액이 흘러내린다
물관에 물이 돌 듯 나는 촉촉해지고 따듯해지고
너는 살아 있나?

매일 너는
영혼도 다 돌아오지 않은 몸을 새벽길로 내보내고
한밤중 알코올에 담긴 의식을 깜빡이며 온다
쓰러진 너에게서 푸푸 쏟아져 나온 숨으로 나는 휘청이고
잘려 나간 뿌리가 가렵고 웃음이 실실 새고
밀밭에 간 여인처럼 붉은 속내를 네 귓속에 털어 넣는다
(그거 알아? 너는 솜사탕이 휘감겨 있는 막대기야 뜯어먹
고 핥아먹고 나면 버려지지

버려진 것은 죽은 걸까 산 걸까)
너의 몸은 후끈거리며 곰삭아 가고

옆집 치자꽃 향기를 들이마시고 있는 내 앞에
속옷 차림의 네가 앉는다
오래전 읽던 책을 펼친다
일요일 오후,
눈동자의 실핏줄이 봉숭아 씨앗처럼 터지며 흩어진다

코끼리 쇼

코끼리는 붉은 천으로 치장되어 있다
몸에 손을 대 본다
시멘트만큼 무표정하군
웬만한 자극엔 반응도 하지 않겠어
눈은 먹구름 빛 거대한 외투의 단추처럼 박혀 있다

단추를 푸세요 단추가 돌돌 감겨 있단 말인가?
담쟁이덩굴이 감아 오른 붉은 담장이
바람에 펄럭인다
우리 집 담장은 너무 많은 푸른 단추를 달았다
풀다 지쳐 나는 집을 버렸지만

늙은 어머니 날 사랑하사 넌 누굴 닮아 이러니 매질 한번
안 했는데 형들은 벌도 많이 받았는데 회초리 앞에 손을 내
밀어도 등 돌리던 늙은 어머니 죽어 나는 울기도 많이 울었는
데 친척들 나를 힐끔거렸는데 얼음아버지 나를 앉혀 놓고 네
어미 만날래? 죽은 어머니 다시 젊어져 살아났는데 누가 나
를 버렸나 늙은 어머니 젊은 어머니 아니, 전능하신 내 아버
지 이 세상으로 날 버리사

＞
단추를 잠그기 시작한다
머리에서 발끝까지 잠그는 순간
백 명의 내가 서로 뒤엉켜 부딪치고 부딪쳐 피딱지 같은 피부
밖에서 뚫고 들어오기 힘든,
코끼리 한 마리

바나나를 잽싸게 들어 올려 입에 넣고
음악에 맞춰 춤을 춘다
육중한 마음이 귀처럼 펄럭일 때마다
백 명의 나를, 단추 두 개로 꾹, 잠근다

도둑고양이

발바닥은 구름일 것
한 발 다음 한 발이 어디로 갈지 궁금해 할 것, 궁금해지게
할 것
구름에 닿은 것은 부드러운가 뜨거운가 날카로운가, 찢겨
피 흐르면
눈 더 크게 뜨고 핥을 것
어제 같은 어둠이어도 눈빛을 달리하여 파고들 것
어떻게 잡아챌 것인가, 피어오르는 의심을
냄새가 이끄는 대로 발을 뻗을 것
골목 끝은 열어 둘 것
언제나 다른 곳에 닿을 것
왜 가야 하는지 자신에게 물을 것 그러나
온몸으로 가면 의심하지 말 것
엉뚱한 맛도 조금씩 핥다 보면 고개를 끄덕이도록 만들 것
성공도 실패의 문제도 아닐 것
모든 울음소리를 잘 들을 것, 울음의
진원지를 파악할 것
내 속에 울음의 떨림을 채울 것
끝내 넘쳐 내가 뱉은 떨림이
떨림으로 돌아오지 않아도 혼자라도 떨 것

떨다가 길을 잃을 것
떨다가 나를 잃을 것
털 하나로 남아 떨리고 있을 것

제2부

피리들의 구멍

피리 위에 입술을
들썩이는 바람을
가만가만 고른 적 있다
바람의 굴곡을 더듬어 보아도
내 피리는 소리가 없다
벚꽃처럼 흩날리는 저 소리는 누구의 구멍에서 흘러나오나
불어도 불어도 삑삑거리는
손가락은 뻣뻣하다

피리들이 저 홀로 구멍을 뚫고 소리를 낼 때 묘지의 적막
은 그들의 음악이지 사막에 뒹구는 뼈를 불고 있는 바람의
멜로디가 내 귀에 당도하는 산책의 끝에는, 아침이 내려앉은
뒷산 누군가의 무덤에 기대어 듣는 노래가 있고 곡조의 슬픔
이 흥겨움이 내 손을 잡을 때 손가락 끝에는 파문이 동그랗
게 뚫리고,

먼 너에게 닿아 공명하기 위해
떨리는 손가락들
손가락마다 피리 하나씩 들어 있다

광

문을 닫았어요
헌 옷 보따리, 버려진
보따리에 기댔죠
보따리가 조금씩 입을 열었어요, 바스락
몸 안의 겹도 바스락,
둘이 이야기를 시작했어요
가늘고 긴 이야기

　태양이 왔다 갈 때마다
　어떻게 옷 색깔을 비늘처럼 벗겨 갔는지 알아?
　바람에 부딪칠 때마다
　옷의 어느 곳에 빳빳한 기운이 무너져 내렸는지 알아?

나는 한 벌 한 벌 헌 옷을 껴입어요
수많은 이야기 중 어떤 것도
혼자 벗었다, 입었다, 할 수 있어요
벌떡 일어난 시계는 바늘을 마구 돌리고
나는 새벽 공기보다 더 새파란 고양이를 낳고
또 낳아요
밤에는 두 눈이 환하게 켜지는

대낮엔 뒤꼍처럼 숨어 있는
내 안의 수천의 고양이들

자매들
―샴

　　사십육 층 베란다에서 너를 민다 아니, 사십육 층 베란다
에서 내가 뛰어내린다 함께 뛰어내리지는 않을 거야 (죽은 후
까지 함께하다니!) 너는 내 머리채를 낚아챈다 나는 의자 밑
으로 숨고 싶어 아니, 나는 그곳에서 사라진다 머리채 잡힌
것은 내가 아니야 인형이야 너는 두 남자에게 양팔을 잡히고
인형을 놓치고 병실로 끌려간다 그건 네가 아니야 그건 인형
이 아니야 그곳은 하루 세 번 천사가 약을 주지 천사는 꼭 네
손과 혀 밑을 검사하지

　　이제는 천국이야
　　너의 혀에 달궈진 내 귀가 식어 간다
　　(네 혀도 식어 가지?)
　　천국의 문 앞에서
　　나는 흰 눈 위에 보이는 사철나무 열매 같은 붉은
　　벨을 누른다

　　나는 또 엄마도 떨어뜨리지 아빠도 떨어뜨리지
　　(머리채를 쥐지 못하게 나는 모자를 쓸 거다)
　　사십육 층 사십오 층 사십사 층 ……
　　모자 속에서 흰 눈이 녹아 간다

초록빛 혀들이
삐죽, 모자 밖으로 나온다

민어부레풀

둥둥 떠오른다 떨어진다 놀라 눈을 떠도 내 키는 자라지 않고 벌떡 일어나 달려오던 파도가 어떤 의문에 하얗게 넘어질 때 내가 쏜 화살은 과녁에 닿기도 전에 떨어진다 맞춰 봐 맞춰 봐 햇빛 아래 과녁은 동그란 가슴을 내밀고

활을 떠난 화살이 허공을 긋는다 활들이 내는 선율을 내 귀가 들을 때, 민어 부레가 흔들려 나오는 울음소리가 메아리다 울 때마다 부레에 구름무늬 하나씩 생긴다 물 위에 누운 엄마는 노란 배가 오랫동안 부풀어 있다 거친 숨을 내려놓고 바닥에 가라앉는 것은 힘든 일, 부레를 끓이면 어둠처럼 모든 것이 들러붙는다 자꾸 붙는 나를 떼어 놓고

엄마의 자개장롱엔 구름이 떠 있다 눈 감으면 장롱의 키가 끝없이 자란다 구름무늬가 가득 찬 귀에서 쏟아져 내 속에 부딪치는 소리, 소용돌이치던 메아리가 떠나며 나는 가라앉는다 과녁처럼 환하게 나는 있는데 달라붙는 검은 손, 엄마는 왜 배 속에 은백색 구름을 넣고 다닐까 장롱의 구름이 흔들리고 있다

날으는 벽장

방바닥 크기만 한 이불 한 채, 일곱 개의 베개로 그득한 벽
장 속에 유배 가던 시절 문을 열면 알 수 없는 바람이 밀려왔
다 먼지처럼 빨려 들어 문 닫으면 활짝 열리던 어둠 어느 곳
으로도 떠날 수 있는 길들의 입구

집어 던져지는 아버지의 얼굴, 파편들을 피해 스며들던 이
불의 접혀진 골목들 소리들이 더 이상 따라오지 못하는 곳까
지 파고들어 갔어 따뜻한 정적 아래 누웠지 밤길에선 관람 불
가 영화의 장면들이 담장을 따라 흘러갔어 붉은 내 혀는 마
른침을 아스피린처럼 꿀꺽 삼켰지 문틈 사이로 걸려 있는 햇
살 한 줄에 젖은 구름을 널어놓고, 낮은 천정 위 어둠을 찍어
그린 자화상 파지들이 눈꺼풀 위로 두텁게 쌓여 갈 때, 잠은
사그락사그락 내리고 ……

벽장 없는 아파트에 눕는다 나를 열고 기어오른다 뒤척이
다 어느 길인가 발을 내딛는다 걷는다 서서히 뛰기 시작한다
속도가 붙는다 날아오르는 벽장

변성기

페달을 밟으면 나는 부풀어 올랐네

발바닥이 부풀고
종아리가 부풀고
부푼 가슴을 지나
나를 통과해 가는 바람
반주에 맞춰 나는 휘파람처럼 떠오르곤 했네, 언제부턴가

서늘한 느낌이 떠도는 이곳에서
무릎 꿇고 두 손 모아도 나는 가벼워지지 않네
무성해지는 나는 자꾸 걸려 넘어지고
가라앉는 그늘은 두꺼워지고

학교를 벗어나기도 전에
종이비행기처럼 추락하고
엄마와 나는 목이 잠기고
거칠게 부는 바람이 뒤틀린다

갈라진다 내가
숯가마 속 초벌구이처럼

자꾸 페달을 밟아
곤두박질치는 불꽃들
내 안에 갇힌 빛의 봉두난발
녹아내린 얼굴과
주먹 쥔 손등 위로 기어가는 푸른 뱀들이 뒤섞여
소용돌이치는

바람이 바닥을 차고 올라
뿔로 돋는다

노랑 노랑

　바삭거리는 구름을 다 먹어 치운 가을 하늘을 바라보고 있어 흔들리다 떨어지는 은행잎에는 수백 개의 태양이 잠들어 있어 잎을 손바닥에 올려놓으면 잠 깬 태양들이 지느러미를 흔들며 손금 위로 헤엄쳐 가네 내 몸에 잠들어 있는 태양은 언제 잠깰까 흔들리고 흔들리다 보면 눈앞이 노랗게 물들고 노랑, 불러 보면 랑팔*의 플루트 음색으로 빙그르르 자전거 바퀴가 멈추고 네가 내 손에 쥐어 준 편지는 잠자리 날개처럼 떨리네 봉투도 열지 못하고

　태양은 하나 둘 잠들고 세 번째 태양이 누울 때 나는 날개를 가만히 놓아 주었네 날아가 버린 문장을 상상하며 홀로 얼굴 붉던 이른 봄 내 푸른 잎이 나기도 전에 개나리꽃으로 네가 저 버릴 건 너도 몰랐지 신랑 신부를 태운 차의 깡통들처럼 바람의 뒷자락에 매달려 가는 노랑 노랑들

　태양이 없다면 노랑도 없겠지 그날 잠든 내 태양은 검은 눈동자를 들추고 언제 떠오르나 키우던 병아리가 맥없이 쓰러지던 어린 날처럼 푸른 가을 심장을 쩍쩍 갈라놓는 나뭇가지, 나뭇가지들을 움켜쥐고 흔들어 대는 바람들, 불어 가는 바람이 없다면 바삭거리던 그때의 나를 먹어 치운 구름

도 없겠지

이륙

땅은 졸아붙고
파도는 파인애플 껍질처럼 단단해져 간다
몸이 구름을 통과할 때
고막을 뚫고 새들은 한꺼번에 날아오른다

아침마다 어린 창가에서 울고 있었지
세수하고 학교 갔지
학년이 높아질수록 잠을 콕콕 쪼아 먹으며
새는 조금씩 귓속으로 들어왔어
머리에 가슴에 알을 낳고 부화한 새들로
나는 비좁아졌어
면접관의 질문엔 식성과 다른 냄새가 났지
망설이는 목울대에서 새는 듣기 좋은 소리로 울더군
뿌려진 모이에 내 눈은 예민하게 반응해
가로수의 푸른 그늘을 밟아 매일 출근하지
모든 내 말들은 울음이거나 노래야

봄이 막 시작되는 날
새가 가득 앉아 있는 가로수를 흔들어 나는
길에 시동을 건다

길이 놀라 달려 나가다 떠오르는

햇살이 빠르게 눈에 날아든다
난기류가 나를 통과하고 있다
몸이 흔들리고
시계를 다시 맞춘다

모래의 생각들

밤에 닿았지
하얀 소리에 닿았지
방송이 끝난 티브이 화면처럼
파도가 눈동자를 밤새 핥았지
어둠에 고여 있던 것들은 쓸려 가지 않고

불 꺼진 연인들
밀려온 아이들
흔들리는 배낭 아래 몸을 뒤채는 모래들
흙 묻은 적 없는 작은 발이 걸어갔을

발자국에 대해 모래가 생각한다
모래의 생각을 파도가 읽을 때
발과 신발이 생각하는 발은 서로 달라서
그 사이를 끝없이 파고드는 모래들
주인 없는 발자국들

바람이 버석거리는 이마를 조금씩 뜯어 가고
바다도 해송도 나도 하나의 점이 될 때
엄마, 부르며 책가방을 벗어던지는 아이처럼

재잘거리는 집은 너무 멀다

주저앉아 헐거워진 신발을 뒤집으면
떨어지는 모래의 생각들

투신

1
더는 떠밀리며 걷고 싶지 않았다
강바닥을 백 미터쯤 걸어 보고서야
알 수 있었다
안경도 벗지 않은 채 엎드려 누웠다
강물은 저희들끼리 우르르우르르 몰려갔다
부유물들이 등 위로 하나 둘 내려앉았다

2
한 사내가 한강 다리에서 뛰어내렸다
뛰어내렸다고 한다
봄이 막 시작되는 삼월이었다
뛰어내리는 것을 본 목격자가 있었다
잠수부들이 강 속을 뒤졌다
사흘 후에도 사내는 떠오르지 않았다
먼 하류까지 수색했다, 나흘째에는
흐르는 강물 위로 의심들이 떠올랐다 가라앉곤 했다
사내는 소문 속에서
차안과 피안을 왕복했다
목격자의 눈 속, 그날의 풍경에서 물거품이 일었다

목격자의 말 끝이 물거품 아래서 흐려져 갔다

3
사내의 무게만 한
마네킹을 그 다리에서 떨어뜨렸다
마네킹은 멀리 가지 못하고 바닥에 가라앉았다
잠수부들은 떨어져 내린 그 자리를 다시 짚어 갔다, 이제는
모심기 방법을 쓰겠다 했다
심어져 있던 사내가 뽑혀 올려졌다
잠수부는 말했다
“처음엔 바위인 줄 알았어요 그런데
만져 보니 물컹, 하더군요”

산통

개의 젖꼭지는 열 개
눈 못 뜨는 강아지 아홉 마리가 젖꼭지를 물고 있을 때
남겨진 젖꼭지 하나의 눈뜨는 의문에 대해

생각하던 그녀가 누운 자세를 바꾼다
배가 침대 위로 부드럽게 흘러내리고
태아가 발로 툭, 차는
물의 세계에도 의문은 있어
몸 푼 개의 집을 낯선 이가 들여다보면
핥아 주던 새끼를 어미개가 물어 죽이기도 하는데
파문이 밀려오는 배를 손으로 가만히 감싸 안는 그녀의
젖꼭지가 조금 더 커지고

아이에게 독극물이 든 만두를 먹여 재운 엄마가
남은 독극물을 마시고 아이 옆에 눕다 몸이 뒤틀릴 때
죽은 새끼를 외면하고 누운 어미 개의
축 처진 가슴엔 열 개의 검은 눈동자

배 속에 물음표로 떠 있던 태아가
산도를 향해 돌기 시작한다

위독

햇빛이 핥고 있는 자리
아무 간섭도 받지 않는 자리의
그 순간, 왕이 된 고양이

지붕을 거느리고
골목을 줄 세우고
사람들 위에서

다만 입 다물고
다만 눈 감고
다만 움직이지 않고
아버지, 당신은

돌입니까?
은색의 털모자입니까?
눈길을 끄는 한 덩이 질문입니까?

심장을 나와 온몸을 돌고 오는 헐떡임들
닫혀 가는 동굴의 축축한 호흡들
장미꽃이 온종일 향기를 내뱉어도

종양의 냄새는 번져 간다

저 홀로 왔다 가는 감정처럼
마음 없이 왔다 가는 계절처럼
대답 없는 생시처럼

동상

바람이 눈동자를 핥을 때 깜빡이는 모든 것을 생각한다
햇살이 눈동자를 찌를 때
우주를 덮을 수도 있는 눈꺼풀을 생각한다
건물 무너지는 소리가, 함성이, 왔다 가는 이곳에서

한곳만 본다
걷지 않는다
이마 위에 새가 흰 똥을 싸도
젖은 화장지처럼 입을 꾹 다물고

나는 언제나 여기 있는데
왜 몰려와 고개 숙이고
때론 목에 밧줄을 거나
표정 없는 얼굴에 지워지지 않는 새의 흔적

나는 과거가 궁금하지 않다
개미가 기어가는 몸 위로
신맛처럼 도는 가려움에 대해
기념하기 위해 잘려 나간 두 팔과 다리에 대해
알고 싶을 뿐

>
듣지 못한 대답을 듣기 위해
굳어 가는 덩어리를 나는 보고 있다

티끌 속의 눈

눈동자가 긁힌다
질끈 감은 눈꺼풀에는
지지직거리는 풍경이 있다

풍경에 새겨진 너를 지우기 위해
눈꺼풀에 불을 지른다
내렸다 올리며 단단해진 힘줄은
붉어진 채 불붙지 않는다

달이 눈을 천천히 감았다 뜨는 동안
밤은 어떻게 기억되는지
켜켜이 쌓인 그 속을 헤맬 때
눈앞에서 사라진 너의 손이 얼굴이 웃음이
아무 연대기에서 불쑥 나타나고

발굴된 몸은 공기에 닿자마자 부서진다
햇빛 아래 티끌은 흩어지며
눈빛처럼 반짝인다

눈꺼풀이 올려진 세계와

내려진 세계에서
밤의 빛나는 눈을 맴돌며
우리는 떠돌고 있다

회전문

그는 기억을 갖지 않지 돌아볼 뒤가 없지 할 말 다 하지 이
야기는 언제나 돌고 있지 출렁이는 땅과 밀려갔다 밀려오는
소리들 늘어선 건물들을 찌그렸다 펴는 허공과 샛노란 머리
카락을 흔들며 웃어 제끼는 가로등 아래는

직선적이지 않지 몸은 뜨거워 흐물흐물하지 끓고 있는 속
에서 간혹 무언가 폭발해 온 곳에 쏟아 내지 울고 싶으면 울고
웃고 싶으면 웃어 아랑곳하지 않고 사라지면 그뿐

그는 매번 나의 집으로 돌아온다 비틀거리며 내 칫솔로 이
를 닦고 내 이불 속으로 들어온다 나를 훤히 안다고 생각한
그를 나는 다른 사람 입을 통해 알게 될 뿐 본 적 없다 나 모
르는 내 어딘가에 지어진 집, 그가 들어가 문 닫으면 사라지
는 집, 그 속에서 심심하면 내 기억들을 읽으며 킬킬대거나
찔끔거리기도 하는

천수만 철새

흔들리는
겨울 벌판에
돌멩이들이 날아오른다
뱀 한 마리 빠르게 하늘을 기어간다
후두둑 돌을 던져 파도를 맞추는 이 있다,
물에 든 멍들

돌멩이가 날개를 다는 것은 순간의 일
물이 멍드는 것도 순간의 일
뱀이 하늘을 헤치며 달아나는 그 순간

모든 것은 던져진다
날아간다
달아난다

나는 돌멩이
철새
뱀 한 마리에 박혀 있는 검푸른 멍

그노시엔느[*]

우리는 나뭇잎처럼 떠 흐르거나 가라앉거나
입에서 말들이 방울방울 떠오른다

송사리 떼가 모였다 흩어지며 그리는
물의 표정들

물속의 화석을 더듬으며 우리는
사파이어로 태양을 이해한다

뜨거운 사파이어를 그가 내 열 손가락에 끼워 주었을 때
세계는 각각 다른 빛으로 반짝이기 시작했다

푸른 태양이 살갗으로 스민다

●Gnossienne: 에릭 사티의 피아노곡.

더빙

너의 입술에 입술을 포갠다
너는 언제나 제멋대로 지껄이고
아름답게 웃는다
웃음 뒤에 입술은 다시 단정하게 움직이겠지만
맨 처음 너의 말은 텅 빈 그릇에 가까웠다
너의 입모양으로부터 나는 태어난다
시간이 지날수록 나의 말은 없어진다
나는 네가 될수록 좋다
사람들은 내 목소리로 너를 떠올리고
슬퍼하고
사랑하고
그러나 우리의 입술이 어긋날 때
감정을 잃고
유령 같은 얼굴로 거리를 활보한다
지금 나는 너의 거리를 함께 걷고 있다
너는 무슨 말인지 할 듯하다

바람에 따라 입을 열었다 닫는 나뭇잎에 대해
나뭇잎 입술을 더듬으며 소리를 내는 바람에 대해
나는 생각해 본다

제3부

고백하는 몸들

12월 기침을 할 때마다 오빠가 튀어나온다
　　폐렴을 앓다 죽었다는 한 살의 오빠는 이름이 있었
　　을까
　　몇 번이나 불렸을까

9월 "애야 이젠 정말 죽고 싶구나" 아흔여섯 할아버지 말
　　에 내 입술이 잠긴다
　　할아버지 입이 더는 밥 앞에서 열리지 않는다

5월 연등을 만들어 주고 낙도에 간 그가
　　연탄가스 스며든 눈동자로 내 꺼진 촛불에 자꾸 불을
　　붙인다

11월 함께 자란 매리가 쥐약 먹고 마루 밑으로 들어갔다
　　으르렁거리는 어둠을 할퀴는 두 눈에서 스파크가 일
　　때마다
　　저릿, 저릿, 내 몸을 감아 오르는 새파란 불꽃

8월 어머니가 내 심장 속으로 쿵쾅쿵쾅 들어왔다 나간다
　　심장이 뛰는 첫소리와 마지막 소리는 누가 들을까

10월 거구이던 외삼촌이 석달 만에 검은 나뭇가지 몸의
　　　올빼미 눈으로
　　　일곱 살 나를 바라보던 눈동자가 밤마다 푸드득거린다

12월 "숨 쉬세요, 아버지⋯⋯" 울며 잡고 있는
　　　움직임 없는 손에서 바람 스치듯 뿌리치는 의지가
　　　느껴져 그만,
　　　손을 놓아 버린

　　　지금은 몇 월인가 기침이 멎고
　　　열린 입과 심장이 닫히지 않고
　　　고장 난 블라인드처럼 눈동자는 움직이지 않고
　　　발가락에서 가슴까지 뜨거운 숨이 빠져나가며
　　　내 몸은
　　　길고 긴 고백을 시작한다

뼈들의 사생활

새들이 흩어진다
사라진 자리에 X-선 필름처럼 남아 있는
희고 가는 뼈
뼈들은
손톱 발톱만 밖으로 내밀지

왼쪽 늑골이 부러져 나는
벚나무 밑 의자에 앉아 있다
그늘 속에 박혀 있는 환한 뼈들이 일렁인다
늑골에 안겨 있는 심장의 안부를 묻는
내 얼굴을 쓸어 본다

깊은 숨을 쉴 때마다 뻐근한 비명이
나뭇잎들을 헤치며 삐져나오고
뼈는 사라지는 데 너무 오래 걸린다
아버지 돌아가시자
삼십 년 만에 묘에서 나란히 누운

햇빛 아래 드러난 엄마의 가는 뼈들
이젠 눈 돌리지 않고 바라보는

더는 귓속말하지 않고 말하는
혈육들 사이에서

묵묵히 손톱만 만지작거리다가
왼쪽 가슴을 감싸 안는
나를 쪼아 대는 새들

마르지 않은 물감

초록 물감들이 광대뼈에서 뛰쳐나가려 한다
붉은 물감들도 수염에서 뛰쳐나가려 한다
거울 속의 나를 그렸지
내가 아니야
직접 나를 봐야겠어
한 발의 총성,
밀밭을 노을처럼 칠하며 나는 가까스로
나를 빠져나온다

붉은 수염의,
펠트 모자의,
푸른 점묘의 배경을 가진
증명사진처럼 곳곳에 걸려 있는
이 많은 그는 누구인가

떠나지 못한 물감들이 얼굴을 붙들고 있다
그를 보러 오는 발소리를
나는 끝없이 들어야 한다
내 왼쪽 귀는 알코올 속에서 자꾸 자라고
그는 오른쪽 귀가 없고

>
불행하지 않아 슬프다는 듯
들여다보며 사람들이 입을 다물 때

푸른 눈동자에는 누구의 상(像)도 맺히지 않는다

써핑 롤링 머신

팔은 양쪽 손잡이를 잡고
발은 모아서 오른쪽으로 왼쪽으로
시계추는 멈추지 않아야겠지만
성북천도 흘러야겠지만
머신은 언젠가 멈춰야 한다
개들은 목줄에 매였거나 자유롭게
빠르게 가다가 킁킁거리다가

개는 건강합니다
목줄을 쥔 당신은 건강합니까
다리 밑에서 머신이 꺼억꺼억 짖는다
성대 제거는 필요합니다
발정기는 필요하지 않습니다

멈춘 시계는 버려지겠지만
벤치에 잠든 노숙자는 언젠가
써핑으로 큰 파도를 즐긴 적도 있겠지만
웅덩이에선 냄새와 모기 유충이 태어난다
머신은 미동도 하지 않는다

>

이 동네는 건강합니다
목줄을 쥔 사랑은 사랑입니까
별을 쥔 시인은 시인입니까
반짝거리는 운동기구에 끈적하게 늘어붙어 있는, 불빛

허리를 저으며
온몸에 탄력을 느끼며
두 팔은 크게 젓고
두 발은 느리지 않게

화장(火葬)

너의 이름이 호명된다
돌아보니 유리창 저편, 네가 누웠던 자리에
흩어져 있는 뼈들
불 속에서도 끝내 풀지 않는 결속
화부가 마지막 남은 결속을 부수어 건네준다
따뜻하다
흙 속에 누웠다면 네 뼈가
스스로 흩어지는 데 수백 년,
손에 수백 년 후의 너를 잡고
몇 년 전의 너를 생각하며 운다
움켜쥔 손을 천천히 펴자
수천의 바람이 눕는다

바람 속을 걷고 또 걸으면
얼굴이 버석거린다
그 바람을 따라 수천의
얼굴을 조금씩 깎아 낸다

숲

그 숲은

아파트 단지 건너편 삼보상가 1층에 있다

그녀는 매일 아침 마을 한 모퉁이에 잠긴 어둠을 따고 숲
으로 들어간다 밤새 덩굴처럼 말려 있던 소리들 빛을 꽂자 정
적을 감아 오른다

나무 한 그루 뽑아 놓고 그녀는 톱날을 댄다 소리가 톱밥
처럼 날려 거리를 뒤덮을 때 행인의 귀들은 간질간질하다 건
너편 집들까지 흘러간 소리는 창을 두드리거나, 게으른 사내
의 귀를 잡아당긴다 마을의 누군가는 그 숲에서 푸른 시냇
물이 흘러온다 하고, 누군가는 하얀 새알 같은 휴식을 깨뜨
린다고도 한다

가끔 마을이 그 숲에서 불어오는 소리와 함께 먹구름에
휩싸이거나 혹은 천막처럼 들뜰 때, 고개를 갸웃거린다 종일
그녀는 세 평짜리 숲에서 소리를 가꾼다 소리의 나이테를 품
고 숲은 자란다

라쿠시샤(落柿舍)

아무도 없는데
책장이 넘어간다

대롱 속을 흘러온 물방울이
돌우물을 만드는 사이

대나무 씨앗이 자라
숲을 이루는 사이

까마귀 울음이 하늘을 잡고
흔드는 길가
건널목에 사람들이 고였다 흘러가고

길이 끝나는 곳,

오래된 상점의 구슬 속에 가득 담긴
주홍빛, 하룻밤 새 떨어져 내린
이야기들

이 없는 잇몸이 익어 가는 사이

>

남은 감 하나가 떨어져 내린다

오래된 사람

창가 흔들의자에 앉은 노인을
햇살이 톡톡 건드려 본다
안심한 듯 좌판을 펴는 햇살
늘어놓은 먼지를 공기가 들었다 놓았다 한다
팔리지 않는 오늘이 오전부터 시든다
시간은 느린 화면으로
그림자를 방 안 깊숙이 끌어가고
노인의 눈의 초점은 창밖으로 한없이 끌려 나간다
기억의 맹점이 된다
노인의 발치에 검은 고양이
꼬리를 말아 넣은 낮잠이 반질반질 닳아 있다
흔들의자 팔걸이에 낙엽처럼 매달린 손은
의자의 페달에 따라 흔들린다
나아가지 못하는 의자의
오래된 페달 돌리기
노인은 가고 있다

바쇼 이야기

바쇼 앞에
둥그렇게 둘러앉은 다섯 개의 흰 돌

햇살에 몸 담그고
귓속엔 찰랑이는 댓잎 소리

웃는 입술이 되었다가
입술 사이로 보이는 이가 되었다가
풍겨 오는 다섯 장의 매화 꽃잎이었다가

구름처럼 떠올라 뒤집으면
빗방울처럼 내려앉는

가만히 바라보면 흰 까마귀 다섯 마리
당신의 다음 이야기들

다섯 개의 도리이(天門)

나를 향해 걸어오는 다섯 걸음 혹은
눈앞을 하나 둘 잠그는 다섯 개의 자물쇠

파도치는 밤과 낮 속 동굴처럼
입 벌린 와타즈미 신사
천 년 된 소나무는 땅 위로
뿌리를 내밀고 기어간다

남편을 칼로 찔러 죽인
아이를 묻어 버린
나를 걸어 나가고 잠근
돌의 시간

손뼉 두 번 치고 고개 숙이고
가슴을 치면
첫 울음이 터져 나온다

나를 떠나는 다섯 걸음 혹은
떠난 뒤 남은 다섯 개의 뒷모습
자물쇠를 열면 또 하나의 자물쇠

나무 위의 공

뜻밖의 열매라는 듯
머리에 꽂힌 꽃핀이라는 듯
플라타너스 위에 축구공이 있다

내려다보는 운동장엔 아이들이
포르르포르르 날아다니지
나무를 흔들고 돌 던지는 것도 잠시
나를 잊은 채
나도 나를 잊으라는 듯

내려나보는 일도 이젠 새롭지 않아
종일 생각해
발에 차이지 않아도
구르지 않아도 공일까
가만히 있어도 아주 조금씩
몸에서 빠져나가는 보이지 않는
저것이 공일까
쭈그러드는 몸을 새들도 쪼아 보지 않는데

바람도 옮기지 못하는 나는 구름보다 무겁다

잘 익은 무늬

꽃잎 위에 꽃잎이 내려 덮여
두 개의 심장이 잉잉거린다

나뭇가지에 걸린 별들이 머뭇거릴 때
닿을 곳 잃은 말들은 봉긋하게 솟아오른다

나무 아래를 서성이던 발자국들이 쌓여
나뭇잎 눕는 방향으로 떠났다

떠난 이유도 말하지 않은 입술은
봄마다 화르르 피고

말들은 뿌리를 거슬러 올라
가장 먼 가지 끝에 맺히기 시작한다

햇빛의 주름진 손이
주렁주렁 달린 기억을 쓸어 주었다

살짝 누르기만 해도 무늬가 번지는
복숭아를 한입 베어 문다

\>

살냄새가 뭉클
입술 밖으로 흘러내린다

화사한 그녀

  아침 6시 30분 부엌에서 나는 소리를 딸깍, 출입문으로 잠그고 아내는 출근한다 창문 쪽에 숨어 있다 나타나는 그녀 누워 있는 나의 감은 눈 위에 눈부신 입술을 댄다 몇 개피 담배를 나는 불로 연결한다 담배는 연기와 나를 남겨 둔 채 떠나간다 이리저리 연기를 흩트리던 그녀는 차려진 식탁 위에 사뿐히 앉아 나를 기다린다 신문을 들고 화장실에 간 나는 문도 닫지 않고 어젯밤 티브이에서 본 사건들을 토씨 하나 놓치지 않는다 그녀는 벽시계를 반짝반짝 닦고 있다 무료해진 그녀는 전엔 자주 꽃이 꽂혀 있던 아내의 목마른 꽃병을 쟁쟁 튕겨 본다 개수대 밑에서 바퀴벌레가 기어 나온다 밟아 버리려고 그녀는 살금살금 따라간다 텅 빈 그녀의 발바닥에 놀라 바퀴벌레는 다시 어둠 속으로 들어간다 직장 다닐 때는 짧은 만남에 종종대던, 그녀와 이렇게 길게 즐겨 본 적 없다 웬일인지 그녀의 붉고 긴 손톱에 위축된다 그녀의 손길을 피해 슬쩍 방구석에 누우며 나는 그늘을 끌어다 덮는다

  그녀가 내 곁을 떠난 뒤에야 딸깍,
  아내는 문을 열고 들어올 것이다

밤의 침몰선

물먹은 내 몸을 누르며 어둠이 차오른다
초침 소리가 모래처럼 쌓이고
책상의 검은 입에서 침묵이 수초처럼 일렁인다
바닥에 닿은 왼손은 저 홀로
남길 것과 버릴 것을 추려 내고
오른손은 흘러갔다 돌아온 구름을 쥐고 있다

가슴께쯤에서 무엇인가 인양된다
오디 빛 둥근 물체에서 녹을 닦아 내고
쓰다듬어 본다
문양에서 빛깔과 향기가 손끝에 묻어난다
어디를 향해 가던 것일까
왜 이곳에 가라앉아 있을까
두 귀가 달린 긴 다리 향로에 나를 넣고
불을 붙인다
내 속에 딱딱한 것들이 향로를 빠져나간다
향로가 따뜻해진다

아침에 깨어 보면 촛농처럼
눈에 눈곱이 껴 있다

없다

—겨울 분수

발소리가 흘러간다
웃음소리가 맴돌다 흩어진다
가로등은 눈뜨면 자신의 발등만 들여다보고
아무도 보지 않아도 여기,
있다

내 속에 언제 출렁이는 것이 있었나
나무가 남은 잎을 떨군다
구름이 얼음 알갱이를 끌어모아 떨어질 무게를 만든다
오리가 물에서 나와 몸을 털 듯
내리는 눈을 구름의 의지라 해도 되나

바람은 내게서 흔들릴 것을 찾지 못한다
딱딱하게 고집스럽게
있다 확신에 차 보일 수
있다 솟구치는 건 내가 결정할 일이 아니다
의심하면서 기다린다, 때를
순간을 분수라는 것을 의심하는
나를 의심하면서

\>

머리끝까지 덮어 오는 흰 시트가 있다

드라이 본즈

빗방울처럼 후두둑
내 얼굴을 매달은
밤의 유리창엔 흑인영가가 흐른다

많은 것을 이해해 왔어 나는 매끄러워졌지 뜨거운 숨결에
흐려져도 차가운 가슴으로 식혔지 붉은 손자국도 지우면 다
시 투명해졌지 모든 것이 보이고 나는 안 보여
　머리뼈는 목뼈에 목뼈는 등뼈에 등뼈는 다리뼈에 다리뼈는
발가락뼈에 붙어 있다네

내 얼굴을 갈라놓은 나뭇가지
코를 흔드는 나뭇잎
입을 지웠다 그리는 나뭇잎
눈알 하나가 흔들리다 후드득, 날아가고 다시 돋고
뼈들이 일어나 돌아다니는

맨살에 떨어지는 채찍처럼 불이 켜진다
담장 위 유리 조각들처럼 꽂혀 있던
이빨들이 눈알들이 산산조각난다

>

나는 얇디얇은 플라스크

검은 물로 출렁이는 잉크병

한 짝의 낡은 흰 구두,

다른 한 짝이 밤하늘에서 뒹굴고 있는

●흑인영가 「Dry Bones」에서 몇 문장 빌려 썼다.

지붕 위의 발

눈이 그쳤다
시린 발가락을 꼼지락거리자
지붕 위 눈이 한 뭉텅이 떨어져 내린다

당신이 가 버린 아침, 어깨가 흔들리는 걸 보았지 지붕은
기다림으로 기우는 것 같다
비둘기가 옮긴 씨앗처럼
말 없는 발은 후끈거리는 것을 품고

어디로 가고 싶었나
태어나자마자 발가락이 열 개인지 확인하고
족적을 찍고
온몸의 무게를 발은 잘 견디고
조금씩 녹는다 똑 똑
지붕 끝에서 떨어지는 구름의 발가락들

우리는 눈빛을 거두고
지붕은 지붕으로
발가락들은 발을 붙들고 가만히
거리에 대해 생각하고

생각한 만큼 멀어진다

'대답 없는 생시처럼', 침묵으로 울려 나는 진리-체험의 사건들

이찬

힘과 긴장

시집 『고백하는 몸들』의 거죽에 새겨진 이미지들은 차분하게 절제된 감정과 더불어 둔중하게 가라앉은 적막의 분위기를 풍겨 내지만, 보이지 않는 뒷면에서 울려 나는 무서운 폭발력들을 숨겨 두고 있다. 시집 곳곳의 모서리들마다 소리 없이 주름진 날 선 실존의 메아리들은 바로 이 자리에서 은은한 색감으로 번져 나온다. 그것은 "파도치는 밤과 낮 속 동굴처럼/ 입 벌린 와타즈미 신사/ 천 년 된 소나무는 땅 위로/ 뿌리를 내밀고 기어간다// 남편을 칼로 찔러 죽인/ 아이를 묻어 버린/ 나를 걸어 나가고 잠근/ 돌의 시간"(「다섯 개의 도리이(天門)」)이라는 문양에서 도드라진 제 형세를 드러내지만, 이 시집의 거의 모든 편린들은 이와 같은 필법으로 아로새겨진다고 보아도 좋다.

저토록 단아한 표면에도 불구하고 무시무시한 비장감을 감춰 둔 시편들은, 시인의 이미지 조각술이 전혀 상반된 궤적을 그리는 사건의 벡터들을 동시에 끌어안으려는, 힘과 긴장의 미학으로 벼려진다는 사실을 암시한다. 그렇다. "나사못처럼 하늘에 매달려 있을 때/ 나는 중력에 저항하는 사과이다/ 붉은 근육이다"(「호버링」), "내가 바람을 온몸으로 표현할 뿐/ 매어 놓지 않으면 읽으려 하지 않아요/ 늘어진 공기가 팽팽해지고/ 줄 처진 미간에 머리를 갸웃거리는 당신,/ 밑줄 처진 문장처럼/ 모두가 긴장하는 것은 아니죠"(「내 얼굴, 현수막」), "심장을 나와 온몸을 돌고 오는 헐떡임들/ 닫혀 가는 동굴의 축축한 호흡들/ 장미꽃이 온종일 향기를 내뱉어도/ 종양의 냄새는 번져 간다// 저 홀로 왔다 가는 감정처럼/ 마음 없이 왔다 가는 계절처럼/ 대답 없는 생시처럼"(「위독」) 같은 구절들이 내뿜는 것처럼, 이 시집의 예술적 짜임새와 섬세한 미감들의 일렁임은 마치 "대답 없는 생시처럼" 그렇게 매일매일 똑같이 지나가는 생활의 "중력에 저항하"면서 "늘어진 공기가 팽팽해지"도록 강제하는 다이내믹한 힘들의 긴장감에서 솟구쳐 오른다.

발바닥은 구름일 것

한 발 다음 한 발이 어디로 갈지 궁금해 할 것, 궁금해지게 할 것

구름에 닿은 것은 부드러운가 뜨거운가 날카로운가, 찢겨 피 흐르면

눈 더 크게 뜨고 핥을 것

어제 같은 어둠이어도 눈빛을 달리하여 파고들 것

어떻게 잡아챌 것인가, 피어오르는 의심을

냄새가 이끄는 대로 발을 뻗을 것

골목 끝은 열어 둘 것

언제나 다른 곳에 닿을 것

왜 가야 하는지 자신에게 물을 것 그러나

온몸으로 가면 의심하지 말 것

엉뚱한 맛도 조금씩 핥다 보면 고개를 끄덕이도록 만들 것

성공도 실패의 문제도 아닐 것

모든 울음소리를 잘 들을 것, 울음의

진원지를 파악할 것

내 속에 울음의 떨림을 채울 것

끝내 넘쳐 내가 뱉은 떨림이

떨림으로 돌아오지 않아도 혼자라도 떨 것

떨다가 길을 잃을 것

떨다가 나를 잃을 것

털 하나로 남아 떨리고 있을 것

―「도둑고양이」 전문

「도둑고양이」는 시인의 예술적 방법론, 곧 힘과 긴장의 시학을 '알레고리'의 문법으로 그려 낸 작품이라 짐작된다. 따라서 이 시편은 '시 쓰기에 대한 시', '메타시'의 음영을 거느린다. "도둑고양이"라는 표제는 시인 자신을 비유하는 것일

뿐만 아니라 제 시 쓰기 전반에서 출몰했던 숱한 고뇌와 갈등과 심적 파문을 응축하고 있는 무늬처럼 보인다. 이러한 시인의 마음결은 "온몸으로 가면 의심하지 말 것/ 엉뚱한 맛도 조금씩 핥다 보면 고개를 끄덕이도록 만들 것/ 성공도 실패의 문제도 아닐 것"이란 구절에서 가장 농밀하게 집약된다. 그것은 김수영에게서 기원하는 '온몸의 시학', 곧 '힘으로서의 시의 존재'라는 사유에 시인이 흠씬 젖어 들어 있다는 사실을 명료하게 가늠케 해 준다. 김수영이 그토록 강조했던 '힘과 긴장'의 시적 사유는 실제로 이 시집 마디마디에서 "온몸"을 수반한 충실한 결기로 뿜어져 나온다.

시적 성취란 세상의 통념에서 바라본 "성공도 실패의 문제도 아닐 것"이 지극히 당연하다. 아니, "엉뚱한 맛도 조금씩 핥다 보면 고개를 끄덕이도록 만들 것"이라는 구절처럼, 그것은 오히려 세속적 삶의 이러저러한 표준과 계산과 욕망을 부수고 깨뜨리고 넘어서는 자리에서만 태어난다. 나아가 제 실존 전체를 건 "온몸"의 모험, 곧 자기 진정성에 대한 끊임없는 물음과 실험, 이 과정에서 육화되는 자기 확신을 통해서만 얻어질 수 있을 것이 틀림없다. 따라서 "온몸으로 가면 의심하지 말 것"이란 문양은 저 물음과 실험과 확신 사이에서 팽팽하게 움터 나는 내면적 드라마, 그 변증법적 리듬감 전체를 쓸어안고 있는 하나의 '주름(monad)'이다.

'어제의 시나 오늘의 시는 그에게는 문제가 안 된다. 그의 모든 관심은 내일의 시에 있다. 그런데 이 내일의 시는 미지다. 그런 의미에서 시인의 정신은 언제나 미지다'(「시인의 정신은 미지」)라는 김수영의 말처럼, 시를 쓴다는 것은 늘 어떤 '미지(未知)'의 세계를 추구하는 것일 수밖에 없다. 따라서 그것은 '아직 오지 않은 미래'를 겨냥하는 것인 동시에 바로 그 자리에서 새롭게 움터 날 '다른 미래'를 꿈꾼다. 이러한 맥락은 "한 발 다음 한 발이 어디로 갈지 궁금해 할 것, 궁금해지게 할 것" "어제 같은 어둠이어도 눈빛을 달리하여 파고들 것" "언제나 다른 곳에 닿을 것" 같은 이미지들로 나타나지만, 시인 김유자의 예술적 사유는 "떨다가 길을 잃을 것/ 떨다가 나를 잃을 것/ 털 하나로 남아 떨리고 있을 것"이라는 마지막 문양에서 가장 또렷한 제 속살을 비춘다.

분열적 주체의 탄생

시인의 예민한 촉수가 제 시 쓰기와 그 예술적 창조 과정에 가닿으면서 현현하는 것은 결국 '메타시'의 자취이다. 이는 그만큼 시인이 제 시 쓰기에 대하여 강렬한 자의식을 품고 있다는 것을 암묵적으로 반증한다. 이 시집의 예술적 방법론의 중핵을 차지하는 것 역시 '분열적 주체'의 돋을새김, 곧 '일상적 자아'와 '시적 자아'의 분열과 대결을 다른 사물이나 사건의 무늬들로 치환해 놓은 '비유적 이미지'이다. 이는 시인의 붓끝이 '잘 빚어진 항아리'라는 비유어로 표상되는 일종의 '연금술로서의 시 쓰기'를 지향하고 있을 뿐만 아니라, '시적 전통'의 가장 강력한 지력선일 수밖에 없을 '서정'의 문

법에 충실하다는 것을 말없이 일러 준다.

>   매일 너는
>   영혼도 다 돌아오지 않은 몸을 새벽길로 내보내고
>   한밤중 알코올에 담긴 의식을 깜빡이며 온다
>   쓰러진 너에게서 푸푸 쏟아져 나온 숨으로 나는 휘청이고
>   잘려 나간 뿌리가 가렵고 웃음이 실실 새고
>   밀밭에 간 여인처럼 붉은 속내를 네 귓속에 털어 넣는다
>   (그거 알아? 너는 솜사탕이 휘감겨 있는 막대기야 뜯어먹
> 고 핥아먹고 나면 버려지지
>   버려진 것은 죽은 걸까 산 걸까)
>   너의 몸은 후끈거리며 곰삭아 가고
>
>   옆집 치자꽃 향기를 들이마시고 있는 내 앞에
>   속옷 차림의 네가 앉는다
>   오래전 읽던 책을 펼친다
>   일요일 오후,
>   눈동자의 실핏줄이 봉숭아 씨앗처럼 터지며 흩어진다
>   —「책상 유령」 부분

「책상 유령」에 표기된 인칭대명사 "나"와 "너"는 서로 다른 어떤 인격체들을 호명하지 않는다. 벤베니스트(É. Benveniste) 가 『일반언어학의 제문제』에서 개진했던 '대명사의 본질'에 관한 그 탁월한 통찰을 차용하여, 아감벤(G. Agamben)이 '인

칭대명사'란 일종의 '전환사'에 지나지 않는다고 말했던 것처럼(『언어와 죽음』) 그것은 세상 단 하나뿐인 그 누군가를 지칭하지 않는다. 그것은 매번의 대화적 맥락과 그 무수한 상황들에 따라 늘 뒤바뀔 수밖에 없는 매우 임의적이고 가변적인 것일 뿐이다. 이 시편은 '인칭대명사'가 품은 '전환사'의 가변성을 극단까지 몰아붙여 보이지 않는 '침묵의 공간' 내부에 일종의 '거울' 이미지를 슬며시 들어앉힌다. 여기서 나타난 "영혼도 다 돌아오지 않은 몸을 새벽길로 내보내고/ 한밤중 알코올에 담긴 의식을 깜빡이며" 오는 "너"는 실상 "나"의 또 다른 분신이자, 밥과 돈과 생활의 압력에 찌든 일상 세계의 만인들, 곧 '소시민'의 얼굴로 살아갈 수밖에 없을 우리 모두의 '상징계적 자아'를 뜻한다.

그렇다면, "쓰러진 너에게서 푸푸 쏟아져 나온 숨으로" "휘청이"는 "나"는 과연 누구란 말인가? 그것은 아마도 "책상 유령"이란 표제에 이미 나타나 있는 것처럼, 나날의 비루한 삶을 반성적으로 통찰하여 하나의 예술 작품으로 승화시키려는 또 다른 자아, 곧 '예술적 자아'일 것이다. "옆집 치자꽃 향기를 들이마시고 있는 내 앞에/ 속옷 차림의 네가 앉는" 상황임에도 불구하고 "나"는 "오래전 읽던 책을 펼친다"고 말하기 때문이다. 따라서 "너는 솜사탕이 휘감겨 있는 막대기야 뜯어먹고 핥아먹고 나면 버려지지/ 버려진 것은 죽은 걸까 산 걸까" 역시 우리 마음 깊은 곳에 웅크린 참된 영혼이 아니기에, 매일매일 바꿔 쓰고 또 버려질 수밖에 없는 일상의 '페르소나(persona)'들을 비유한 이미지처럼 느

꺼진다. 어쩌면 우리는 날마다 "책상 유령"이 되지 않는 한, 일상 세계가 요구하는 '거짓 얼굴'들을 성찰할 수 있는 찰나의 시간마저 가질 수 없는 것인지도 모른다. 그야말로 아무것도 하질 않는 너무나도 한가로운 "일요일 오후"라는 '비잠재성(impotentiality)'의 시간에서마저도.

그렇다. 이 시집의 거의 모든 시편들에는 '일상적 자아'와 '시적 자아'의 분열과 대립, 우리 내부에 도사린 '분열적 주체'의 다양한 윤곽들을 스케치한 이미지들이 소리 없이 스며 있다. "언제나 포근해/ (냉정한 얼굴을 감춘다)/ 언제나 감싸 주지/ (무뚝뚝한 표정을 감춘다)/ 너의 웃음이 울음이 한숨이 흘러든/ 푹신한 내 품속에는/ 딱딱한 뼈만 있다"(「따뜻한 침대」), "식구들이 잠 깨도 외출에서 돌아와도 나는 언제나 누워 있다 잡은 물고기를 놓친 나는 잠든다 웃다가 찡그리다가 물고기를 만난 듯 손을 뻗기도 하는 나는 고요한 침대, 내가 사라졌을 때, 어린 아들은 어항에 손을 넣고 물 위로 떠오르는 무언가를 자꾸 누르고, 문이 열리고, 밤새 누군가를 잠으로 귀가시킨 내가, 아침 햇살 위로 하얗게 떠오른다"(「물고기 침대」), "문양에서 빛깔과 향기가 손끝에 묻어난다/ 어디를 향해 가던 것일까/ 왜 이곳에 가라앉아 있을까/ 두 귀가 달린 긴 다리 향로에 나를 넣고/ 불을 붙인다/ 내 속에 딱딱한 것들이 향로를 빠져나간다/ 향로가 따뜻해진다"(「밤의 침몰선」)라는 구절들에는, 일상 세계에서 서로 다른 표정을 취했던 여러 겹의 '페르소나'들과 더불어, 그것을 성찰적 시선으로 다시 바라보려는 '예술적 자아'의 참된 영혼이 겹쳐 떨린다.

여기서 나타난 "냉정한 얼굴"과 "무뚝뚝한 표정"과 "웃다가 찡그리다가 물고기를 만난 듯 손을 뻗기도 하는 나"의 자세와 "두 귀가 달린 긴 다리 향로"에 "넣"은 "나"의 모양새가, 생활인으로서의 '일상적 자아'가 꾸며 낼 수밖에 없을 무수한 가면들과 변신술을 비유한다면, 이 흐름 전체를 진술하고 있는 자는 결국 이들을 냉정하게 관찰하고 소묘하여 예술적 이미지로 마름질하려는 자, 바로 그 순간에 '연금술로서의 시'를 빚어내고 있는 시인 자신이기 때문이다. 아니, 시인이라는 자의식으로 첨예하게 무장된 '예술적 자아'이기 때문이다.

늙은 어머니 날 사랑하사 넌 누굴 닮아 이러니 매질 한번 안 했는데 형들은 벌도 많이 받았는데 회초리 앞에 손을 내밀어도 등 돌리던 늙은 어머니 죽어 나는 울기도 많이 울었는데 친척들 나를 힐끔거렸는데 얼음아버지 나를 앉혀 놓고 네 어미 만날래? 죽은 어머니 다시 젊어져 살아났는데 누가 나를 버렸나 늙은 어머니 젊은 어머니 아니, 전능하신 내 아버지 이 세상으로 날 버리사

—「코끼리 쇼」 부분

「코끼리 쇼」에는 시인의 유년 시절, 그 가냘픈 마음을 후려 갈겼던 어떤 심각한 장면이 돋아나 있다. 그 가운데서도 특히, "회초리 앞에 손을 내밀어도 등 돌리던 늙은 어머니 죽어 나는 울기도 많이 울었는데 친척들 나를 힐끔거렸는데 얼음 아버지 나를 앉혀 놓고 네 어미 만날래? 죽은 어머니 다시 젊

106

어져 살아났는데 누가 나를 버렸나"라는 대목은, 시인의 가
족사에 은밀하게 깃들어 있었을 어떤 치명적인 얼룩이, 그 누
구에게도 쉽사리 드러낼 수 없었던 무의식의 생채기가 온갖
방어기제와 그 단정한 거죽을 뚫고 치솟아난 것처럼 보인다.
그러지 않고서야, 숨이 멎을 것만 같은 저토록 빠른 템포의
산문적인 발성법과 그 가쁜 숨결로 헐떡거리는 주술적인 리
듬감은 배어날 수 없었을 것이 자명하기 때문이다.

이 시편 끝자리에 나타난 "육중한 마음이 귀처럼 펄럭일
때마다/ 백 명의 나를, 단추 두 개로 꾹, 잠근다"는 이미지는
앞서 살핀 '분열적 주체'라는 의미 매듭으로 수렴될 수 있겠
지만, 조금 다른 차원의 별자리들이 생겨나고 있다는 새로운
정보를 일러 준다. "머리채 잡힌 것은 내가 아니야 인형이야
너는 두 남자에게 양팔을 잡히고 인형을 놓치고 병실로 끌려
간다 그건 네가 아니야 그건 인형이 아니야 그곳은 하루 세
번 천사가 약을 주지 천사는 꼭 네 손과 혀 밑을 검사하지"
(「자매들—샴」), "소용돌이치던 메아리가 떠나며 나는 가라앉
는다 과녁처럼 환하게 나는 있는데 달라붙는 검은 손, 엄마
는 왜 배 속에 은백색 구름을 넣고 다닐까 장롱의 구름이 흔
들리고 있다"(「민어부레풀」), "방바닥 크기만 한 이불 한 채, 일
곱 개의 베개로 그득한 벽장 속에 유배 가던 시절 문을 열면
알 수 없는 바람이 밀려왔다 먼지처럼 빨려 들어 문 닫으면
활짝 열리던 어둠 어느 곳으로도 떠날 수 있는 길들의 입구"
(「날으는 벽장」) 같은 편린들에서 알아챌 수 있듯, 저 의미 매듭
은 유년의 화자를 앞면에 내세운 시편들을 잉태시키는 원초

적인 바탕으로 작용하는 것이 틀림없다.

그렇다. 김유자를 시인으로 다시 태어나도록 이끈 것이 유년을 사로잡았던 어떤 치명적인 사건이었는지, 아니면 순도 높은 시 쓰기가 늘 그렇게 치달아 갈 수밖에 없을 무의식의 우발적인 어떤 마주침이 유년의 풍경들로 그를 데려간 것인지, 그 선후 관계는 엄밀한 논증의 수사학으로 풀어질 수 없을지 모른다. 그러나 이 시집에서는 어린아이들의 힘겨운 신음 소리가 '분열적 주체'의 문양들에 실려 윙윙거리며 휘날려와 살갗으로 파고든다. 이는 시인의 의식이 그 어떤 잡스러운 흠결조차 표면에 남기지 않으려는 '연금술로서의 시 쓰기'를 겨냥하고 있음에도 불구하고, 그 뒷면에 버팅기고 선 무의식은 제 실존의 찢김, 아니 카오스의 바다로 자신을 내던지고 있는 기묘한 상황에서 비롯되는 것처럼 보인다.

그러나 또한, 저 이상야릇한 상황은 '미학적인 것과 윤리적인 것', '예술적인 것과 일상적인 것', '시적인 것과 산문적인 것'을 동시에 끌어안으려는 그 힘겨운 싸움을 충실하게 이행하는 자리에서 생겨나는 것이 분명하다. 이를 통해서만 비로소 순결하기에 두려울 수밖에 없는 말들이 태어날 수 있다는 어리석지만 진중한 믿음, 아니 그것을 제 "온몸"으로 끝까지 밀고 나아가려는 정직하고 둔중한 마음의 벡터가 거의 모든 시편들에서 감지되기 때문이다. 여기서 김유자의 시 쓰기가 장중하고 긴 호흡의 예술적 궤적을 그려 나갈 수밖에 없으리라고 예측하는 것은 그리 어려운 일이 아닐 것이다.

실재의 윤리

너의 이름이 호명된다
돌아보니 유리창 저편, 네가 누웠던 자리에
흩어져 있는 뼈들
불 속에서도 끝내 풀지 않는 결속
화부가 마지막 남은 결속을 부수어 건네준다
따뜻하다
흙 속에 누웠다면 네 뼈가
스스로 흩어지는 데 수백 년,
손에 수백 년 후의 너를 잡고
몇 년 전의 너를 생각하며 운다
움켜쥔 손을 천천히 펴자
수천의 바람이 눕는다

바람 속을 걷고 또 걸으면
얼굴이 버석거린다
그 바람을 따라 수천의
얼굴을 조금씩 깎아 낸다

—「화장(火葬)」 전문

"화장"이라는 표제가 말해 주는 것처럼, 이 시편은 시인과 매우 가까웠던 어떤 사람의 죽음의 현장에서 빚어진 것이 틀림없다. '죽음'이야말로 '현존재'인 인간을 제 '본래적 실존'으로 데려온다는 하이데거의 말을 굳이 떠올리지 않더라도(『존재와 시간』) 그것은 우리 삶 그 자체에 이미 주름진 가장 큰 구멍이자 카오스의 어둠일 것이다. 아니, 그 무엇으로도 메울 수 없는 결핍 그 자체이자 무의미의 구멍이다. 이렇듯 죽음이라는 가장 결정적인 생의 국면 앞에서도 "너의 이름이 호명"되는 이상한 풍경은, 삶이라는 것이 그 세부 항목을 이루는 가족과 직업과 돈과 명예와 부귀영화가 그야말로 헛되고 헛된 것, 무의미에 지나지 않는다는 무서운 진실을 밀착 인화하여 우리 눈앞으로 데려온다. 그러나 시인은 죽음이라는 압도적인 사태 앞에서도 삶의 무의미와 근원을 성찰해 내는 '존재론적 사유'로 회귀하지 않는다. 그럴지라도 여전히 지속될 수밖에 없는 이 지상의 삶, 곧 '산 자'의 시선으로 되돌려 놓는다.

그렇다. '죽은 자'에 대한 참된 마음결은 형식적인 의례 절차로서의 '애도'를 간곡하고 성대하게 치르는 데서 나타나는 것이 아니다. 그것은 오히려 "흙 속에 누웠다면 네 뼈가/ 스스로 흩어지는 데 수백 년,/ 손에 수백 년 후의 너를 잡고/ 몇 년 전의 너를 생각하며 운다"는 문양에 나타난 것처럼, 죽은 자를 "수백 년 후"라는 상상의 시간을 통해서라도 결코 잊지 않을 뿐더러, 마치 "몇 년 전의 너를 생각하"듯이 그렇게 지금-여기 내 곁에 있는 사람처럼 끝끝내 살려 둘 수 있는 자리에서만 제 진면목을 드러낸다. '죽은 자'와 생전에 나누었던 끈끈한 몸의 기억들, 그 밀착된 감정들을 하나씩하나씩 떼어 내어 다른 세상으로 떠나보내려는 시간의 봉합술이

자 저 무의미의 아가리를 덮는 '상징계'의 스크린이 바로 '애도(mourning)'라 불리는 제의 절차이기 때문이다. 이를 시인이 깊이 통찰하고 있지 않다면, 이러한 문양은 결코 빚어질 수 없었을 것이다.

그러나 제 아무리 애를 써도, 결국 지워져 갈 수밖에 없을 '죽은 자'의 체취는 마지막 대목에서 다음과 같은 이미지로 새겨진다. "바람 속을 걷고 또 걸으면/ 얼굴이 버석거린다/ 그 바람을 따라 수천의/ 얼굴을 조금씩 깎아 낸다". 그것은 '애도'라는 행위 속에 도사린 인간적 냉정함을 너무나 잘 알고 있음에도 불구하고, '죽은 자'를 저승으로 떠나보내지 않고서는 정상적인 삶을 살아갈 수 없는, 인간의 어찌할 수 없는 나약함과 그 역설적인 비애감을 빠짐없이 쓸어안는다. 프로이트의 말처럼, 그러지 못할 때 찾아드는 마음의 질병이 '중증 우울병', 곧 '멜랑콜리'이기 때문이다(「애도와 우울」).

이렇듯 '상징적 질서' 내부에 이미 깃든 '외상적 중핵'이자 '의미들 속의 구멍'인 '실재'의 가공할 만한 위력을 예민한 촉수로 벼려 낸 시편들 역시 이 시집의 또 다른 매듭 하나를 이룬다. 그것은 다음과 같은 편린들에서 가장 도드라진 제 모양새를 비춘다. "켜켜이 쌓인 그 속을 헤맬 때/ 눈앞에서 사라진 너의 손이 얼굴이 웃음이/ 아무 연대기에서 불쑥 나타나고"(「티끌 속의 눈」), "나 모르는 내 어딘가에 지어진 집, 그가 들어가 문 닫으면 사라지는 집, 그 속에서 심심하면 내 기억들을 읽으며 킬킬대거나 찔끔거리기도 하는"(「회전문」), "떠나지 못한 물감들이 얼굴을 붙들고 있다/ 그를 보러 오는 발소리를/ 나는 끝없이 들어야 한다/ 내 왼쪽 귀는 알코올 속에서 자꾸 자라고/ 그는 오른쪽 귀가 없고"(「마르지 않은 물감」), "깊은 숨을 쉴 때마다 뻐근한 비명이/ 나뭇잎들을 헤치며 삐져나오고/ 뼈는 사라지는 데 너무 오래 걸린다/ 아버지 돌아가시자/ 삼십 년 만에 묘에서 나란히 누운"(「뼈들의 사생활」) 같은 편린들은, 시인 제 스스로 통제할 수 없었던, 따라서 그 어떤 의미화도 불가능했던 '정신적 외상'들로 얼룩져 있다.

라깡에 따르면, '정신적 외상'은 그 어떤 언어로 표현하더라도 결코 만족스럽게 드러나지 않을 어떤 '잔여'와 '초과분'을 언제나 늘 남긴다. 이 '잔여'와 '초과분'이 바로 '실재(계)'이다(『자끄 라깡 세미나 11—정신분석의 네 가지 근본 개념』). 시인이 그려낸 위의 문양들 역시 제 자신에게 가해졌던 불가해한 폭력과 그것이 남긴 내면의 상흔들을 비추고 있는 것처럼 보인다. 따라서 그것들은 시인의 심부에 남겨진 '정신적 외상'이자 그 어떤 말로도 말쑥하게 연결되거나 해명되지 않을 '불가능한 것'의 영역, '실재'를 현시하고 있는 것이 틀림없다.

발소리가 흘러간다
웃음소리가 맴돌다 흩어진다
가로등은 눈뜨면 자신의 발등만 들여다보고
아무도 보지 않아도 여기,
있다

내 속에 언제 출렁이는 것이 있었나

　　나무가 남은 잎을 떨군다

　　구름이 얼음 알갱이를 끌어모아 떨어질 무게를 만든다

　　오리가 물에서 나와 몸을 털 듯

　　내리는 눈을 구름의 의지라 해도 되나

　　바람은 내게서 흔들릴 것을 찾지 못한다

　　딱딱하게 고집스럽게

　　있다 확신에 차 보일 수

　　있다 솟구치는 건 내가 결정할 일이 아니다

　　의심하면서 기다린다, 때를

　　순간을 분수라는 것을 의심하는

　　나를 의심하면서

　머리끝까지 덮어 오는 흰 시트가 있다

―「없다―겨울 분수」 전문

　　"아무도 보지 않아도 여기" "있"는 것, "내 속에 언제 출렁이는 것이 있었나"라는 말처럼, "있다"는 것만을 느낄 수 있을 뿐 그것이 무엇인지 좀처럼 알 수 없는 것, 따라서 "의심하는/ 나를 의심하"도록 강제하는 것, 그것이 바로 '실재'이다. 따라서 그것은 "있다"라고, "확신에 차 보일 수/ 있다"라고 말할 수 있는 것이면서도, 명징한 의미화의 표면으로 솟아오를 수 없는 것이기에, "없다"는 말에 훨씬 더 가까운 것인지도 모른다. 그것은 우리의 표상 작용 바깥에 거주하는 것이므로

113

분명히 "있"는 것이면서 또한 "없"는 것이기 때문이다. 이 시편의 표제 "없다―겨울 분수"와 그 내부에서 지속적으로 반복되는 "있다"는 '실재'가 품은 인식론적 아이러니를 극단으로 밀어붙여 그사이 공간에서 팽팽한 긴장을 불러일으킨다.

"발소리가 흘러"가는 것, "웃음소리가 맴돌다 흩어"지는 것, 그리고 "가로등은 눈뜨면 자신의 발등만 들여다보"는 것은 우리의 의식 내부에서 표상되지 않는 것이지만, 분명히 "있다"고 말할 수밖에 없는 것들이다. 나아가 우리는 결코 볼 수 없을지라도, "나무"는 "남은 잎을 떨"구며 "구름"은 "얼음 알갱이를 끌어모아 떨어질 무게를 만든다"는 것, 나아가 "오리가 물에서 나와 몸을 털 듯/ 내리는 눈을 구름의 의지라 해도 되나"와 같은 편린들은 모순 형용의 말로 나타낼 수밖에 없는 '실재'를 서로 다른 모양새로 빚어낸 감각의 비늘들처럼 보인다. 이들은 모두 우리의 시선 바깥, 그 표상 작용의 테두리를 벗어난 것들이지만, 분명히 "있었"던 것들이기 때문이다.

따라서 "솟구치는 건 내가 결정할 일이 아니다/ 의심하면서 기다린다, 때를/ 순간을 분수라는 것을 의심하는/ 나를 의심하면서"라는 말들로 비유된 "겨울 분수"는 결국 우리 심부에 내장된 '실재'의 영역을 알레고리의 붓끝으로 그려 낸 것이라 짐작된다. "머리끝까지 덮어 오는 흰 시트가 있다"는 마지막 문장 역시 우리 의식 내부에 선명하게 떠오르지 않는 '공백 그 자체'로서의 '실재'를 표현하는 이미지가 분명하다. '실재'란 빼곡하게 채워진 기억과 의식의 영역이 아니라, 그것이 지워지고 뒤틀리고 훼손된 자리, 곧 망각과 무의식의 자리에 거주하는 것이기 때문이다.

"눈꺼풀을 건드리자/ 둥근 집이 떨어져 깨진다/ 파편들이 튀어 오르고 처음으로/ 바닥이란 세계를 꼬리 쳐 본다"(「어항」), "문질러도 지워지지 않고/ 태워도 부수어도 남아 따끔거리는 것들"(「초인종」), "더 이상 물러설 수 없는 내 몸속으로/ 그것은 밀려들어 온다/ 들어낸 자궁에서 피비린내가 돌고/ 결절된 목울대가 떨리기 시작한다/ 이빨이 날을 세우고/ 단단해져 가던 발톱이 막 휘기 시작했을 때"(「개」), "밤에는 두 눈이 환하게 켜지는/ 대낮엔 뒤꼍처럼 숨어 있는/ 내 안의 수천의 고양이들"(「광」), "그러나 우리의 입술이 어긋날 때/ 감정을 잃고/ 유령 같은 얼굴로 거리를 활보한다"(「더빙」), "나는 얇디얇은 플라스크/ 검은 물로 출렁이는 잉크병/ 한 짝의 낡은 흰 구두,/ 다른 한 짝이 밤하늘에서 뒹굴고 있는"(「드라이 본즈」) 같은 문양들은, 시인의 마음 그 밑"바닥"에 은밀하게 "숨어 있"을 "내 안의 수천의 고양이들", 곧 '실재'를 현시하려는 시적 언어의 모험인 동시에 그것이 품을 수밖에 없는 어긋남과 비틀림과 불협화음을 빠짐없이 쓸어안는다.

결국 '실재'가 솟아오르는 자리란, "둥근 집이 떨어져 깨"지는 자리, 곧 인과론적 질서와 논리적 연속성에 구멍이 뚫려 어떤 "파편들이 튀어 오르"는 곳이자, "문질러도 지워지지 않고/ 태워도 부수어도 남아 따끔거리는 것들"의 세계이기 때문이다. 아니, "대낮엔 뒤꼍처럼 숨어 있는"이란 말처럼, 우리 스스로가 인지하거나 의식하지도 못한 채 "내 몸속으로"

“밀려들어 온” 우리 모두의 “유령 같은 얼굴”들이자 “다른 한 짝이 밤하늘에서 뒹굴고 있는” “한 짝의 낡은 흰 구두” 같은 것이 바로 ‘실재’이기 때문이다.

　시인은 ‘실재’라는 말로 표상되는 저 두렵고 잔인한 진실들을 회피하거나 외면하지 않는다. 오히려 그것을 제 실존의 일부처럼 살아 내고자 한다. 시집 도처에서 번져 나는 밀도 높은 긴장감과 진득한 충실성과 곡진한 마음결 역시 그가 이러한 진실들을 쉽게 폐기 처분하지 않을 뿐만 아니라, 진저리를 치면서도 그것과 다시 마주치려는 그의 생래적인 체질에서 비롯되는 것인지도 모른다. 이는 결국 그의 시를 어떤 결정적인 장면들에 깃들어 있었을 그 무서운 진실들에 가닿도록 만들며, 그것이 불러일으키는 ‘진리-체험’의 사건들, 저 ‘에피파니’의 순간이야말로 ‘시’가 태어나는 자리라고 시인은 굳게 믿고 있는 것이 틀림없다.

사건적 개별성, 그 진리-체험의 무늬들

12월 기침을 할 때마다 오빠가 튀어나온다
　　폐렴을 앓다 죽었다는 한 살의 오빠는 이름이 있었을까
　　몇 번이나 불렸을까

9월 “애야 이젠 정말 죽고 싶구나” 아흔여섯 할아버지 말
　　에 내 입술이 잠긴다

할아버지 입이 더는 밥 앞에서 열리지 않는다

5월 연등을 만들어 주고 낙도에 간 그가
　　　연탄가스 스며든 눈동자로 내 꺼진 촛불에 자꾸 불을
　　　붙인다

11월 함께 자란 매리가 쥐약 먹고 마루 밑으로 들어갔다
　　　으르렁거리는 어둠을 할퀴는 두 눈에서 스파크가 일
　　　때마다
　　　저릿, 저릿, 내 몸을 감아 오르는 새파란 불꽃

8월 어머니가 내 심장 속으로 쿵쾅쿵쾅 들어왔다 나간다
　　　심장이 뛰는 첫소리와 마지막 소리는 누가 들을까

10월 거구이던 외삼촌이 석달 만에 검은 나뭇가지 몸의
　　　올빼미 눈으로
　　　일곱 살 나를 바라보던 눈동자가 밤마다 푸드득거린다

12월 "숨 쉬세요, 아버지……" 울며 잡고 있는
　　　움직임 없는 손에서 바람 스치듯 뿌리치는 의지가 느
　　　껴져 그만,
　　　손을 놓아 버린

　　　지금은 몇 월인가 기침이 멎고

열린 입과 심장이 닫히지 않고

고장 난 블라인드처럼 눈동자는 움직이지 않고

발가락에서 가슴까지 뜨거운 숨이 빠져나가며 내 몸은

길고 긴 고백을 시작한다

—「고백하는 몸들」 전문

시집의 표제작이기도 한 「고백하는 몸들」은 들뢰즈·가타리가 사유했던 '사건적 개별성(heccéité)'을 예술적 이미지로 형상화한 시편처럼 보인다. '어떤 계절, 어떤 겨울, 어떤 여름, 어떤 날짜 등은 비록 그것이 사물이나 주체의 개별성과 혼동되지 않는다 하더라도, 아무것도 결여하지 않는 완전한 개체성을 지닌다'는 그들의 말처럼, 그것은 '사람이나 주체, 사물이나 실체의 개별화 양식과는 매우 다른 개별화 양식'으로 요약될 수 있을 것이다(『천 개의 고원』). 그 어느 해 "12월"엔 "폐렴을 앓다 죽었다는 한 살의 오빠"를 시인은 시의 거죽으로 불러올린다. 언젠가 "9월"의 어느 날엔 "얘야 이젠 정말 죽고 싶구나"라고 말씀하셨던 "아흔여섯 할아버지"가 있었고, "11월"이라고 표기된 바로 그날엔 "함께 자란 매리가 쥐약 먹고 마루 밑으로 들어"가서 "으르렁거리는 어둠을 할퀴는 두 눈에서" 제 죽음의 "스파크"를 일으켰던 것이 분명하다.

그렇다. 이 시편에 숫자로 표기된 각각의 달들은 시인의 삶에 커다란 파문을 불러일으켰던 어떤 '사건적 단독성'의 테두리를 가리키는 것이 틀림없어 보인다. 아니, "고백하는 몸들"이라는 표제에서 이미 알아챌 수 있듯, 그것들은 모두 그의

"온몸"을 찢고 들어왔던, 그리하여 지금도 여전히 '생생한 현재'처럼 살아 꿈틀거리는 몸의 기억을 말한다. 이 기억은 시인의 유년 시절, 그 구석진 마음결의 한 모퉁이에 은밀하게 숨어 있었던 것이 아니다. 오히려 "발가락에서 가슴까지 뜨거운 숨이 빠져나가며 내 몸은/ 길고 긴 고백을 시작한다"라는 끝자리의 무늬처럼, 그것은 이미 그의 몸 한가운데 각인되어 있기에 결코 지워지지 않을 어떤 흉터와 같은 것, 곧 그의 몸의 일부를 이루는 것이다.

이렇듯 "고백하는 몸들"이라는 육체의 이미지로 치환된 무수한 기억들은, 이 시집을 '서정'이라는 말로 표상되어 온 '시적 전통'의 정수에서 벗어나지 않도록 만들면서도, 다른 한편으로 그 전통의 지력선을 뛰어넘을 수 있는 새로운 가능성의 터전을 다시 일구어 내고 있는 듯 보인다. 이는 김유자의 시가 그만큼 다른 풍모로 뒤바뀔 수 있는 드넓은 잠재력을 품고 있다는 사실을 암시한다. 실제로 그의 시는 "손을 잡는 손이 있다/ 입을 덮는 입이 있다/ 몸을 여는 몸이 있다"는 정공법을 구사하면서도, "한낮을 뒤집는 한밤중의 시간"(「초인종」)을 열망하고 있는 것처럼 느껴진다. 여기서 정공법이 곧 그의 시가 지닌 '형태론적 안정감'과 '단아한 표면'과 '비유적 이미지'의 적확한 활용을 일컫는 것이라면, "한낮을 뒤집는 한밤중의 시간"이라는 편린은 그 뒷면에 감춰진 '전복적 상상력'과 '실존의 찢김'과 '그로테스크 이미지'의 생생한 역동성을 가리킨다.

그러나 이 시집은 거죽과 속살이 어긋난 그 깊은 아이러니

에도 불구하고, 그것에 어떤 '일관성의 구도'를 부여하는 근원적인 문제 설정이 존재한다. 그것은 바로 시인이 그 어떤 참혹하고 두렵고 고통스런 그 어떤 사건들과 마주치더라도 뒷걸음치지 않을 뿐더러, 이들을 오히려 어떤 '진리–체험'의 사건들로, 곧 '에피파니'가 도래하는 순간으로 간취하려는 자리에서 태어난다. '에피파니'로 번뜩이는 저 장면들을 보라.

모서리를 잡고 버티던 내가 바닥으로 떨어진다
차르르 밀려 나오는 소리가
빈방을 쥐고 흔들 때

—「탬버린」 부분

더 이상 물러설 수 없는 내 몸속으로
그것은 밀려들어 온다
들어낸 자궁에서 피비린내가 돌고
결절된 목울대가 떨리기 시작한다
이빨이 날을 세우고
단단해져 가던 발톱이 막 휘기 시작했을 때,

—「개」 부분

갈라진다 내가
숯가마 속 초벌구이처럼
자꾸 페달을 밟아
곤두박질치는 불꽃들

내 안에 갇힌 빛의 봉두난발

녹아내린 얼굴과

주먹 쥔 손등 위로 기어가는 푸른 뱀들이 뒤섞여

소용돌이치는

―「변성기」 부분

달이 눈을 천천히 감았다 뜨는 동안

밤은 어떻게 기억되는지

켜켜이 쌓인 그 속을 헤맬 때

눈앞에서 사라진 너의 손이 얼굴이 웃음이

아무 연대기에서 불쑥 나타나고

―「티끌 속의 눈」 부분

거울 속의 나를 그렸지

내가 아니야

직접 나를 봐야겠어

한 발의 총성,

밀밭을 노을처럼 칠하며 나는 가까스로

나를 빠져나온다

―「마르지 않은 물감」 부분

　이 시집 구석구석에서 추려 낸 인용 구절들은, 시인이 제 삶에서 마주쳤던 끔찍했던 사건들을 어떤 자세와 태도와 마음결로 들여다보고 있는지를 명징하게 알려 준다. 특히 "모서리를 잡고 버티던 내가 바닥으로 떨어진다", "들어낸 자궁에서 피비린내가 돌고/ 결절된 목울대가 떨리기 시작한다", "내 안에 갇힌 빛의 봉두난발/ 녹아내린 얼굴과/ 주먹 쥔 손등 위로 기어가는 푸른 뱀들이 뒤섞여/ 소용돌이치는", "눈앞에서 사라진 너의 손이 얼굴이 웃음이/ 아무 연대기에서 불쑥 나타나고", "한 발의 총성,/ 밀밭을 노을처럼 칠하며 나는 가까스로/ 나를 빠져나온다" 같은 말들은 제 몸의 "바닥", 아니 제 감각의 극한까지 가 보지 않은 자는 결코 읊조릴 수조차 없을 것이 자명하다. 이들은 한결같이 "온몸"이라는 말을 사용할 수밖에 없는 치열한 정념과 감각의 충실성을 거느리고 있기 때문이다. 아니, 저 무서운 자기 분열의 참상과 더불어 '공백으로서의 진리'를 끝내 회피하지 않고 정면으로 응시하려는 '진리의 윤리학'의 무대로 우리를 인도하기 때문이다.

김유자의 시집 『고백하는 몸들』은 시인에게 자연인으로서의 나이란 그야말로 아무것도 아닌 것, 임의적인 기호 놀이이자 헛된 숫자 놀음에 불과하다는 사실을 발가벗겨 드러내고 있는지도 모른다. 그리하여, 우리는 이 시집이 시와 문학과 예술을 꿈꾸는 그 모든 이들에게, 나아가 기성의 모든 시인들에게 제 자신의 두려운 진실들과 용맹하게 마주치도록 강제하는 하나의 촉매가 되기를 소망한다. 아래 돋아난 '진리-체험'의 사건들, 저 '에피파니'의 무늬들처럼.

많은 것을 이해해 왔어 나는 매끄러워졌지 뜨거운 숨결에

흐려져도 차가운 가슴으로 식혔지 붉은 손자국도 지우면 다시
투명해졌지 모든 것이 보이고 나는 안 보여
　　머리뼈는 목뼈에 목뼈는 등뼈에 등뼈는 다리뼈에 다리뼈는
발가락뼈에 붙어 있다네

　　내 얼굴을 갈라놓은 나뭇가지
　　코를 흔드는 나뭇잎
　　입을 지웠다 그리는 나뭇잎
　　눈알 하나가 흔들리다 후드득, 날아가고 다시 돋고
　　뼈들이 일어나 돌아다니는

—「드라이 본즈」 부분